Jürgen Rust

Meeresleuchten

Sieben Deich- und Strandgeschichten

COBRA

Titelphoto: Silke Hars

Layout: RAN Medienproduktion St. Peter-Ording
Satz: EOS St. Peter-Ording
Druck und Gesamtherstellung: HHF-Druck Viöl
ISBN 3-923146-44-2

Inhaltsverzeichnis

Die Geschichte vom wahren Pharisäer

Nach einer herbstlichen Wanderung über Nordstrand kehren zwei einheimische Künstler, ein Graveur und ein Musiker, sturmzerzaust im „Halligblick“ ein, um sich aufzuwärmen. Sie sind von einem heftigen Schauer total durchgeweicht und schütteln sich erst einmal aus wie pitschnasse Hunde. Die Gäste in ihrer Nähe protestieren.

„Können Sie nicht aufpassen!“ ruft eine pikierte Dame.

„Landunter!“ grummelt jemand hinter ihnen.

Der Graveur blickt sich um und lächelt:

„Moin, Hauke, alter Schwede!“

Der Angesprochene, ein Schrank von einem Friesen, grinst und poltert mit rauchiger Kehle zurück:

„Bombenwetter für Aquarelle, was?“

Die beiden setzen sich zu ihm an den Fenstertisch, von dem aus man das herrliche Panorama der Nordseewelt genießen kann, wenn man will.

„Toll!“ meint der Maler und läßt seine Augen bis zu den umtosten Halligen in der Ferne schweifen.

„Nicht toll, ich sitz' hier fest, die Fähre nach Pellworm geht wegen dem Sturm wohl erst morgen wieder.“

„Du kannst heut' Nacht bei uns pennen, wenn du willst!“ sagt der Musiker.

„Danke, mach' ich vielleicht!“

Die Kellnerin kommt.

„Zwei Pharisäer, bitte!“
Hauke schüttelt den Kopf:
„Daß ihr das Zeug immer noch saufen könnt! Ihr wohnt schon so lange hier! Das ist doch bloß für die Torfköppe aus der Stadt!“
„Unverschämtheit!“ zischelt es von der Seite herüber.
„Bloß Nostalgie, wir haben hier unseren ersten Pharisäer getrunken“, antwortet der Musiker.
Haukes riesiger Zeigefinger wandert an die Schläfe und tippt mehrmals dagegen:
„Quatsch!“
„Vielleicht finden wir die Story auch nur so urig!“ will der Graveur seinem Freund beispringen und weist auf die Speisekarte, wo die Geschichte vom Pharisäer nachzulesen ist.
Hauke lacht heiser auf:
„Die stimmt doch sowieso nicht! Das war doch alles ganz anders!“
An den Nebentischen hört man förmlich, wie sich die Ohren spitzen.
„Anders, wieso?“ fragt der Graveur und blättert in der Speisekarte.
Die Pharisäer werden serviert. Der Musiker schnüffelt an seiner Tasse und bemerkt wohlig:
„Riechen tut man nix!“
„Ist vielleicht kein Rum drin!“ kommentiert ein Witzbold aus der Nähe, von Damengekicher begleitet.
Die drei blicken auf und schauen in ein Dutzend Stielaugen, die sofort wie ertappt wegschwenken.

„Ist vielleicht kein Hirn drin!" dröhnt Hauke in die kurze Stille.

Der Graveur sagt:

„Komm, laß, erzähl weiter!"

Der rückt noch einmal seine Körpermasse zurecht und meint:

„Die Story aus der Speisekarte kennt ihr ja, wie da auf der Kindstaufe alle besoffen sind wegen dem Rum im Kaffee und der Pastor das am Schluß merkt und ruft „Oh, Ihr Pharisäer", und denn wütend rausläuft, und so..., aber eigentlich ist das ganz anders gewesen, und zwar...," Hauke nimmt einen großen Schluck Bier, „das mit dem Pastor stimmt soweit, der kam eines Tages, als der vorige gestorben war, auf die Insel und wetterte gewaltig gegen den Sittenverfall und vor allem gegen das tierische Gesaufe. Der neue Pastor hatte irgendwie einen Sprachfehler, seine Worte holperten hin und wieder, und mit den Beinen hatte er auch irgendetwas, er stoppte manchmal beim Gehen und hielt sich auf dem Heimweg über den Friedhof öfters an dem einen oder anderen Grabstein fest.

Er brachte eine Frau und einen ganzen Haufen Kinder mit, und gleich im ersten Jahr war im Pastorat schon Kindstaufe. Das ganze Dorf kam zur Feier. Es gab reichlich Kaffee und Kuchen, und der stolze Vater ließ es sich nicht nehmen, auch hier eine seiner berüchtigten Strafpredigten zu halten. Er erhob sich und legte los. Zwischendurch nahm er kräftige Züge aus der Kaffeetasse, die ihm die dicke Küchenmamsell immer wieder neugefüllt hinschob."

Hauke gerät in richtige Erzählstimmung. Das ganze Lokal hört inzwischen gebannt zu.

„Es ging die Bibel rauf und runter, alle Sünden der Menschheit mußten dran glauben, ganz besonders geißelte er die lästerlichen Saufereien am Sonntagvormittag, wenn die Nordstrander lieber im Krug als in der Kirche säßen, er würde nur alten Frauen und Konfirmanden predigen, - wieder einen Schluck aus der Kaffeetasse, - und noch einmal kriegten die Zuhörer eins drüber, daß sie ja keusch und gottesfürchtig leben sollten, sonst würden sie jämmerlich in der Hölle braten, - noch einen Schluck aus der Tasse, - er steigerte sich regelrecht in einen Rausch, der Täufling wachte nebenan vom Brüllen seines Vaters auf und fing selber an zu brüllen, die Mamsell kam kaum noch den Kaffeewünschen des Pastors nach und vergaß bereits in der Eile die Sahnehaube obendrauf, und plötzlich, - da war es wieder, dieses merkwürdige Holpern in der Stimme, - und es war noch etwas da: ein himmlischer Duft in der Luft: Rum!

Die Dorfleute, die eben noch kleinlaut und verdonnert am Tisch gehockt hatten, richteten sich auf, schnupperten dem Geruch nach und waren sich bald kopfnickend einig: Die Rumwolke entstieg ohne Zweifel der Kaffeetasse des Herrn Pastor. Dieser steigerte sich zum Finale, schüttete die aufgefüllte Tasse in einem Zug herunter, grölte ein 'Gott wird euch strafen', verdrehte kurz die

Augen und sackte bewußtlos in seinem Armstuhl zusammen.

Der Schulmeister, der ihm gegenüber saß, fuhr in die Höhe, fuchtelte ein paar Augenblicke sprachlos mit der Schlaghand umher, schluckte und rief die berühmten Worte:

'Oh, Ihr Pharisäer!'

So ist die Geschichte nämlich in Wahrheit gewesen."

Hauke lehnt sich zurück und leert sein Bierglas. Um ihn herum: Schweigen und Staunen. Der Musiker findet als erster die Sprache wieder:

„Wieso eigentlich 'Ihr Pharisäer'?"

Der Graveur belehrt ihn:

„Schon mal was von pluralis maiestatis gehört? So redeten die damals!"

„Genau," sagt Hauke, „und später hat man die Küchenmamsell gefragt, wie oft sie nachgeschenkt hätte. 'Siebenmal' hat sie geantwortet, und seither gibt es überall, wo Pharisäer getrunken wird, den Brauch: wer sieben Pharisäer schafft, muß den letzten nicht bezahlen!"

Wenig später verlassen die drei den „Halligblick" und verschwinden über den Brückensteg in der Dämmerung. Die übrigen Gäste bleiben ziemlich verdattert zurück.

„Stimmt das denn, was der erzählt hat?" fragt eine verstörte Dame beim Bezahlen. Die Kellnerin schüttelt den Kopf und meint:

„Alles Unsinn! Der kommt von Pellworm und verbreitet am liebsten Geschichten, womit er die

Nordstrander aufziehen kann. Vorigen Monat hat er verkündet, am alten Pellwormer Turm hätten sie einen Seeräuberschatz mit Hunderten von Gold- und Silbermünzen entdeckt. So geht das in einer Tour!"

Sichtlich beruhigt ziehen bald auch die letzten Nachmittagsgäste ab. Die Kellnerin macht die Abrechnung und hält plötzlich inne, als sie das Kleingeld aufzählt. Mitten unter den Münzen blinkt ein merkwürdig unrunder Silberling. Sie dreht ihn zwischen den Fingern, dann schaut sie nachdenklich auf und murmelt:

„Alter Schwede!"

Der Bernsteinwerfer

Über der Ordinger Sandbank flimmert die Julihitze und malt Hunderte von bunten Fata Morganas in die Luft. Auf der „Silbermöwe" herrscht jetzt, während der quirligen Mittagszeit, Hochbetrieb.

Ein Gast allerdings sitzt schon seit dem Frühstückskaffee in der Nordwestecke der Terrasse, wo er mit ein paar Stuhlbewegungen der Sonne nachrücken kann und wo es fast immer windgeschützt ist. Er trägt eine rote Baseballmütze mit dem Schirm nach hinten, Sonnenbrille, T-Shirt und Bermuda-Shorts. Hin und wieder blättert er in einer Zeitschrift, hauptsächlich aber mustert er die Restaurantgäste oder beobachtet durch die salzverkrusteten Scheiben das Treiben am Strand. Er nimmt gerade einen Zug aus dem Bierglas, als eine sandverklebte Kleinfamilie seinen Tisch ansteuert.

„Ist hier noch frei?"

„Ja, bitte!"

Die Ankömmlinge setzen sich. Die Mutter, in farbsicherer Strandcombi aus pink-schwarzer Radlerhose und Schottenmusterbluse, haut dem stoppelhaarigen Junior erst einmal eine vor den Latz, als der seine sandgefüllten Basketballstiefel überm Tisch entleert:

„Paß doch auf, du Schwein!"

Und zum Rotmützigen gewandt, mit einer blitzartigen Wendung ins Freundliche:

„Entschuldigen Sie!“

Der Angesprochene lächelt säuerlich:

„Schon gut!“

Offensichtlich hätte er dem Schwein von Junior am liebsten auch noch eine verpaßt.

Die Kellnerin, die auf raschen Gästedurchlauf achtet, bringt gleich drei Speisekarten und fragt nach den Getränken. Der Vater - quittengelbes Fußballtrikot vom FC Laubenpieper, pralle Badehose und ausgelatschte Holzklappern - bestellt:

„Een Bier vom Faß, wa, een Wassa und ‘n jroßen Spezi!“

Nachdem sich die drei zurechtgeräkelt haben, vertiefen sie sich in die Speisekarten.

„Is in det Rumsteak eijentlich Rum drin, Mama?“

„Quatsch! Und kannst vielleicht mal uff de Preise kieken, du kriegst höchtens een Schweinesteak, det paßt sowieso bessa zu dir!“

Der Vater schaut auf und spricht sein Gegenüber an:

„Wat haben Sie jejessen?“

Der antwortet beiläufig:

„Stammessen! Mehr zahlt die Kurverwaltung nicht!“

Der Berliner faßt sofort Vertrauen:

„Arbeiten bei die Jemeinde, wa?“

„Nicht direkt, eher freiberuflich.“

Jetzt kommt die Bedienung und nimmt die Essensbestellung auf.

„Ick will lieba Klöpse!“ mault der Junior.

„Also jut, zweemal Matsches, eenmal Klöpse", sagt der Vater, und wieder an den Einheimischen gewandt:

„Freiberuflich?"

„Ich bin Bernsteinwerfer."

„Aha!"

Das Trio schweigt, aber man merkt förmlich, wie es in den drei Köpfen rumort. Als erster traut sich Junior, nachzufragen:

„Papa, wat is'n Bernsteinwerfer?"

Der Vater muß widerwillig Farbe bekennen:

„Ick hab det mal jewußt..."

Die Mutter will ihm beispringen:

„Bernsteinschleifer, oda wat sagten Se?"

„Bernsteinwerfer."

„Nee", zuckt sie die Achseln, „det weeß ick jetzt nich!"

Die Getränke werden gebracht. Junior stürzt japsend den ganzen Spezi herunter und fängt sich gleich wieder eine von seiner Mutter ein:

„Du säufst schon wie dein Alter!"

Damit hat sie ohne Zweifel recht, denn der hat sein Bierglas auch in einem Zug leegemacht und verkündet:

„Puh, det tut jut bei die Hitze!"

Der Einheimische nickt freundlich:

„Am schönsten ist es frühmorgens hier am Strand, ganz milde Luft, herrlich!"

„Wann stehen Se denn uff?"

„So vier, halb fünf."

„Ach, und wat machen Se denn?" will die Mutter wissen. Ihr Gegenüber setzt sich auf und geht in einen geschäftsmäßigen Tonfall über:

„Bernsteinwerfen, wie gesagt, hier den ganzen Ordinger Strand lang, jeden Morgen, gleich nach den Reinigungskolonnen."

Er greift in die Hosentasche und läßt eine Handvoll kleiner Bernsteine auf den Tisch rollen.

„Ooh!" entzückt sich die Mutter und hebt einen der Steine vorsichtig mit Daumen und Zeigefinger gegen die Sonne.

„Vielleicht sind da ja Dinosaurierjene drin, hähähä!" meldet sich Junior.

Die Mutter fragt:

„Haben Se die alle selba jefunden?"

„Nein, die stammen von irgendeiner Deichbaustelle, da brauchen Sie nur ein Sieb vor das Spülrohr halten, dann haben Sie gleich ein paar Kilo."

„Det is ja echt interessant", mischt sich der Alte wieder ein, „ und wat machen Se damit?"

„Jeden Morgen auswerfen, für die Urlauber, Service von der Kurverwaltung!"

Der Berliner stutzt:

„Wat, det jloob ick aba nich, so teure Dinga eenfach so...!"

„Im Sommerhalbjahr, wenn die großen Stürme fehlen, findet man ja keinen Bernstein hier!"

Der Berliner wendet sich trumphierend an seine Frau und meint:

„Det woll'n ma doch mal seh'n! Else, zeig doch den Herrn mal, wat du vorjestern da hinten bei die FKK-ler jefunden hast!"

Else klappt lächelnd ihr Portemonnaie auf und holt einen Bernsteinwinzling heraus.

„Darf ich mal sehen?“ fragt der Bernsteinwerfer und läßt ihn sich geben. Er betrachtet ihn eingehend, wobei er ihn fachmännisch im Sonnenlicht hin- und herdreht. Das Trio platzt vor Spannung. Dann der trockene Kommentar:

„Stammt aus der Mittwochladung, da hatt' ich so'n Haufen Kleingehacktes!“

Während die Familie Matjes und Klöpse verdrückt, erzählt der Bernsteinwerfer ausführlich von seinem Job, wie wichtig es für das Image St. Peter-Ordings wäre, daß jeder Sterbliche hier seinen Bernstein finden könne, ein schöneres Andenken gäbe es nun einmal nicht, die Kurverwaltung folge nur dem Erlebnisdrang der Urlauber, jeden Morgen ein paar Tüten Bernstein auf die Strände, soviel müssen einem die Gäste schon wert sein.

Die Zwischenfrage, ob das denn noch kein Urlauber gemerkt habe, scheint für den Bernsteinwerfer eine halbe Beleidigung zu sein. Er sammelt den Bernsteinhaufen vom Tisch, verstaut ihn in seiner rechten Faust und deutet einen lässigen Armschwung an.

„Bei meiner Wurftechnik können Sie direkt neben mir gehen und würden nichts mitkriegen. Wissen Sie, ich mach das jetzt fünfzehn Jahre...“

In den Gesichtern der Berliner spiegelt sich ein Anflug von Respekt. Als die Kellnerin die Teller abräumt, bestellt der Vater für den Bernsteinwerfer ein Bier mit.

„Das hätte aber nicht nötig getan!" will dieser abwehren.

„Doch, doch, det is mal wirklich een duftet Jespräch, da hörste mal, wat hinta die Kulissen so abjeht, aba total interessant, wa!"

Und während der Bernsteinwerfer noch jede Menge Details aus seiner geheimen Tätigkeit zum besten gibt, zum Beispiel von den hohen Verlusten durch Möwenklau oder von dem Strandjogger, der einen Bernstein in seinem Turnschuh fand, leeren sich allmählich die Gläser der spendierten Runde. Neue Gäste stauen sich am Eingang. Die Kellnerin mahnt sanft aber bestimmt zum Stuhlwechsel und kassiert ab. Nur der Bernsteinwerfer scheint unbehelligt zu bleiben. Beim Gehen meint der Berliner noch halblaut:

„Wir haben unsere Burg bei die jrüne Fahne da."

Er fuchtelt über die Glasballustrade Richtung Norden.

„Wenn Se da morjen vielleicht mal 'ne Prise mehr streuen würden, wenn det möglich wäre..."

Der Bernsteinwerfer winkt entschieden ab und beugt sich mit ernstem Gesicht vor:

„Das kann ich nicht machen, bei aller Freundschaft, das wäre ja Betrug!"

Verständnisvoll nickend zieht das Trio vondannen. Die Kellnerin stellt die Stühle für die nächste Gästeschicht zurecht und meint leise zum Bernsteinwerfer:

„Es nahen die nächsten Opfer. Wie wär's diesmal mit Möwendompteur, die Nummer hast du lange nicht mehr gebracht!“

Der Rotmützige grinst und lehnt sich zurück in die Sonne.

„Ist hier bei Ihnen noch frei?“

„Ja, bitte!“

Tombola

Jeden letzten Sonnabend im Februar geht es rund im Tümlauer Koog. Wochen vorher sind die Einlader unterwegs gewesen, um das Dorf zu mobilisieren und Geld einzusammeln. Denn so ein Boßelball ist nicht billig. Besonders die Musik und die Tombola schlagen kräftig zu Buche. Tombola spricht man hier übrigens mit Betonung auf dem zweiten „o“.

Am Nachmittag trifft sich das ganze Dorf erst einmal am Seedeich, wo der sportliche Teil des Festes absolviert wird. Beim Blick über die Boßelgesellschaft könnte man meinen, gleich würde die Altkleidersammlung vorbeikommen.

„Dat is de Wehrmachtsmantel vun mien Vadder, kaukasuserprobt!“ sagt ein wartender Mitspieler auf Anfrage und streichelt stolz den räudigen Kragenpelz.

Ein anderer entledigt sich gerade seines Overalls und macht sich in einem verwaschenen Sepp-Herberger-Dreß wurfbereit. Die Hosenbeine haben gewaltig Hochwasser und geben die stachelbeerartige Wadenmuskulatur frei. Der Spieler greift nach der Kugel, wetzt sie an der Trainingsjacke trokken, zieht den Arm probeweise bis zum Achselknacken durch, wobei die Umstehenden sich ebenfalls schon einmal probeweise wegducken, und begibt sich zum Anlauf. Dann rennt er plötzlich los, geht nach wenigen Metern in heftiges Tänzeln über, macht blitzartig eine volle Umdrehung und schleudert die Boßel mit einem animalischen Urschrei von sich.

Wer Schwierigkeiten hat, die schnellfliegende Kugel zu verfolgen, braucht nur auf die Menschenmenge zu achten, um den Aufschlagspunkt zu erraten. Dort nämlich entstehen zwei gegenläufige Bewegungen; zum einen spritzen die Zuschauer hektisch auseinander, zum anderen schreiten die Schiedsrichter unbeirrt zur Landestelle, an der sie oft sogar früher als die Kugel eintreffen. In einem solchen Fall verspürt man den urigen Prickel, der vom Boßelsport ausgeht. An diesem Nachmittag schlägt die herabsausende Kugel nämlich öfters hauchdünn neben der Gummistiefelspitze eines Offiziellen ein, ohne daß der darin befindlichen Quante auch nur ein Nagel gekrümmt wird.

Die einheimischen Damen tragen ebenfalls nicht gerade das Neueste von der Stange, aber rundum derbes, warmes Zeug. Eine Zugereiste, die vielleicht geglaubt hat, Tümlau wäre ein exklusiver friesischer Wintersportort, läuft in piekfeinen Après-Ski-Klamotten auf. Klappernd tritt sie von einem Stiefelchen aufs andere. Eine vorbeiboßelnde Tümlauerin meint trocken:

„Wat schall dat Getrappel? Danzt warrt hüt obend!“

Boßeln ist, ob man mitmacht oder zuschaut, kein Sport für feine Leute. In St. Peter-Böhl, nur wenige Kilometer von hier, hat es das Schicksal gewollt, daß zwei alte Ballspiele, Golf und Boßeln, direkt nebeneinander ausgeübt werden. Man nimmt hundertprozentig keine Notiz voneinander.

Das „Manns- und Fruunsboßeln“ ist zwar, wie alle immer wieder versichern, kein ernstgemeinter Geschlechterwettstreit, aber das kann man fast nicht glauben. Zu derb und streitlustig hallen die Kampfparolen über das hartgefrorene Vorland, zu schadenfroh und hämisch erscheinen die Kommentare, wenn ein Wurf mißlingt. Dabei kann es tatsächlich passieren, daß die pfundschwere Boßelkugel, statt möglichst weit zu fliegen und zu rollen, einen Zuschauer oder Mitspieler niederstreckt. Ein kleiner Ausrutscher beim Abwurf oder einfach eine glitschige Kugel, und schon ist das Malheur da. Man munkelt, daß so mancher Wunderling in diesen Gegenden seine Abnormität einem Boßelunfall verdanken soll.

Heute aber geht alles gut, obwohl viele Würfe unter einem gewissen Alkoholeinfluß stattfinden. Ein Schluck aus der Buddel, so sagt man, lockere die frostklammen Muskeln und trage entschieden zur Wurfsicherheit bei. Wahrscheinlich ist hiermit auch die enorme Trinkfestigkeit der etwas ungeübteren Damen zu erklären. Jedenfalls gibt es ein Ergebnis: Die Männer siegen knapp mit einem Schott Vorsprung. Regelverstöße und solche, die man kurzerhand dazu erklärt, werden durch die Schiedsrichter notiert. Mit den Strahlen der untergehenden Sonne begeben sich alle zunächst wieder nach Hause, um sich für das große Fest in

Schale zu werfen.

Der Boßelball steigt im Saal des Dorfkruges, der hier scherzhaft manchmal „Hermann-Göring-Saal" genannt wird, was in keiner Weise mit der politischen Gesinnung der Koogbewohner zu tun hat. Vielmehr war in tausendjähriger Zeit, genaugesagt 1935, die Vorsehung in Form von Hermann Göring erschienen, auf daß der neuerbaute Koog auf dessen Namen getauft würde. Bei dieser Gelegenheit soll er zumindest zwei überlieferte Sätze gesprochen haben: beim Anblick der sattgrünen Marschfennen „Donnerwetter, das ist doch 'was anderes als Brandenburger Sand!" und beim Anblick der armseligen Tümlauer „Ihr sollt auch 'mal schöne Feste feiern!", und schenkte ihnen den besagten Festsaal, der ein Jahr später an den Dorfkrug angebaut wurde.

Gegen acht ist dieser rappelvoll. Um die rechteckige Tanzfläche sitzen die Tümlauer in ihren allerbesten Garderoben. Noch liegt ein herbfrischer Duft aus Rasierwasser und Parfüm in der Luft. Später werden sich dichte Wolken von Tanzschweiß, Qualm und Schnapsgeruch dazumischen.

Doch zunächst holt sich der Vereinsvorsitzende von der kleinen Bühne ein Mikrofon und hält seine Begrüßungsansprache. Erwartungsfroh sitzen alle an den umlaufenden Tischen und quittieren die Rede mit wohligem Geraune und Gegrummel. Lacher kommen nur vom Kontrolltisch gleich rechts der Tür, besetzt mit ein paar Butentümlauern und ihren auswärtigen Freunden, die Plattdeutsch grundsätzlich witzig finden. Es folgt ein Grußwort des Bürgermeisters, in dem auch die reichbestückte Tombola erwähnt wird. Neugierig recken sich die Hälse Richtung Bühne, vor der die Preise aufgetischt liegen.

„Mann, wat för'n scheune Freßkorv!" jubelt ein wohlbeleibter Einheimischer.

„Du schaßt man leewer mit mi danzen, du ole Fettbüdel!" meint seine Frau und grinst.

Inzwischen hat nämlich die Musik angefangen, und nach und nach füllt sich das Parkett. Wer genau hinsieht, erkennt einen unwiderstehlichen Tanzdrall Richtung Bühne, nicht etwa, um die feschen Jungs der Kapelle zu bewundern, sondern um einen ausgiebigen Blick auf die Tombolapreise zu werfen. Gespendet oder gekauft, sie haben fast alle einen leichten Hauch von Luxus, insofern sie ein wenig überflüssig erscheinen: erlesene Geschirrhandtücher, ein Kalender für das laufende Jahr, eine Kuhstallfunzel, ein Haushaltshammer, daneben das dazugehörige Keramiksparschwein, ein Großfamilientoaster für vier Brotscheiben und zwei Aufbackbrötchen, Heimwerkerutensilien ohne Ende, ein 48-teiliges Ferienwohnungsbesteck, zwei überquellende Präsentkörbe, als Hauptpreis eine ostasiatische Stereoanlage.

Ganz am Rand liegt ein rätselhaftes Instrument, das die vorbeitanzenden Männer ohne weiteres als „Fettsprütt" identifizieren und das noch für Aufregung sorgen wird.

Nach der ersten Tanzrunde erfolgt ein leicht verunglückter Tusch der Kapelle. Der Vereinsvorsitzende tritt mit zwei Schiedsrichtern vor und läßt das Strafgeldkonto verlesen:

„Hüt namiddag mussen wi wedder, as jedet Johr, een ganzen Barg Straafgelder verdeelen, hier is nu is dat truurige Ergebnis:

„Hannes - wegen Schrägboßeln, twee Mark!

Hinnerk - wegen fohrlässige Öwerpeern, Mark!

Helga un Luise - wegen klamottentechnische Anmokerie, jede twee Mark!"

Am Kontrolltisch fragt eine topschicke Dame mit hessischem Akzent:

„Wegen was?"

Man wendet sich ihr hilfreich in Hochdeutsch zu:

„Wegen zu aufreizender Spielkleidung!"

Es geht weiter:

„Manni, du hest bi't Anloopen tweemol schubst und eenmol sogor een Morstritt verdeelt, dat warrt düer, dat kost fief Mark!"

Der Saal bricht in höhnisches Gelächter aus. Einer der Schiedsrichter sammelt immer gleich die Strafgelder ein.

„Trudi - wegen Stockverleggen, Mark!

Mieke - wegen Handdookschmeeten un Buddel-Schluck-Ropen, twee Mark!

Claas - wegen Tolaatkomen un böswillige Flurschoden, dree Mark!"

Schließlich kommt zur Aufbesserung der Festfinanzen ein namhafter Betrag zusammen. Es folgen diverse Tanz- und Trinkrunden, die Kapelle dreht die Verstärker langsam höher, um dem steigenden Lärmpegel zu begegnen, und die Kellnerinnen flitzen hin und her.

In der angrenzenden Gaststube sammeln sich zwischendurch immer kleine Schnapszirkel, die entweder der drohenden Damenwahl entgehen oder einfach nur alkoholmäßig ein bißchen Gas geben wollen. Der Wirt thront am Stammtisch, einen Meter unter seinem Porzellaneisbären, und nimmt die Huldigungen der Gäste entgegen. Er ist ein Tümlauer Original, der alles weiß und jeden kennt, was zweifellos auch für seine Frau zutrifft, die ihm gegenüber am anderen Ende sitzt und immer wieder aufstehen muß, um die endlosen Trinkwünsche zu befriedigen. Einige Damen vergnügen sich laut kreischend an der Sektbar, die gerade vor der Saaltür eröffnet wird. Das Fest ist in vollem Gange.

Fast unbemerkt von den Zuprostern und Wegschüttern schleppen ein paar junge Leute merkwürdige Teile herein: einen Bettvorleger mit Katzenkopf, eine gebratene Ente aus Plastik, einen schäbigen Butlerfrack, ein viktorianisches Abendkleid, Kristallgläser und Alkoholika. Sie verstauen alles gleich hinter der Saaltür und ernten neugierige Fragen. Nur die Eingeweihten wissen, was auf die Boßelgesellschaft zukommt, und schweigen verschmitzt.

Eine halbe Stunde später beginnt sich das Geheimnis zu lüften. Schon die Anordnung der Requisiten offenbart eindeutig: hier will man auf Freddy Frintons Spuren wandeln, oder vielmehr schlurfen. Der Clou aber wird bei den ersten Sätzen klar:

„Gooden Obend, Fru Sophie!"

„Gooden Obend, James!"

Fru Sophie setzt gleich ein plattdeutsches Highlight, indem sie „James" mit Jot ausspricht. Der Saal tobt, noch bevor es richtig losgegangen ist. Da jeder Zuschauer weiß, was in dem Stück passiert, werden die Dialoge fast mitgesprochen:

„Nebenbi, Fru Sophie, de sülvige Prozedur as letztet Johr?"

„De sülvige Prozedur as jedet Johr, James!" Oder:

„Ik denk, wi schöön Wittwien bi de Fisch hebben!" Oder in der Szene mit der Blumenvase:

„Puh, ik kill de Katt!"

Tosender Beifall belohnt die Jungschauspieler am Ende des Sketches, wobei James beim Verbeugen noch einmal versehentlich über den Tierkopf stolpert und nunmehr tatsächlich lang hinschlägt.

Die Tombola rückt unweigerlich näher, da einige Boßeldamen nun mit kleinen Körben herumgehen und Lose verkaufen. Jeder Gast darf nur zehn Lose à eine Mark erwerben, eine Regel, die ihre verkaufsfördernde Wirkung sofort beweist. Niemand will unter dem Höchstsatz kaufen. Die ganz gewieften ergattern mit Sprüchen wie „Ich hab' noch gar keine" oder „Meine waren für meinen Mann“ noch weitere zehn oder zwanzig Lose, wobei man den Gesichtern der Losverkäuferinnen irgendwie ansehen kann, daß solche kleinen Betrügereien wohl zum Marketing gehören. Am Ende nämlich sind alle Lose umgesetzt.

Während der anschließenden Tanzrunde tendiert wieder alles Richtung Tombolatisch. Die Damen und Herren halten sich diesmal zumeist etwas unbeholfen im Arm, da fast jeder einen oder mehrere Losabschnitte in den Fingern hält. Vor der Tombola unterbricht man den Tanz und kontrolliert die gewonnenen Preise.

Die Hauptgewinner zeigen nicht den Anflug von Jubel und Ekstase. Oder täuscht es nur? An den Tisch zurückgekehrt, sieht man bei einer Präsentkorbgewinnerin ein Lächeln, das aus der Tiefe zu kommen scheint und signalisiert: Glück, und sei es nur die Flasche Nobelcognac an Rauchmettwurst mit Kaviar und Lachs im Pralinenrand, ist eine stille Macht.

Etwas anders gebärden sich diejenigen, die Kleinigkeiten oder Exotisches gewonnen haben. Ein Frankfurter, seit Jahren Ferienhausbesitzer in Tating, sitzt aufgeregt in der Gaststube und versucht, ein etwa armlanges Metallungetüm aus seinem Karton zu befreien. Langsam buchstabiert er die ausländische Aufschrift: „Pumpa di...!“

„Dor bruukst gor nich lang rumspekuleern, dat is een Fettsprütt!“ ruft ihm der Wirt zu. „Hest du denn ‘n Trecker?“

Inzwischen geht das Teil von Hand zu Hand. Im

Hintergrund wird gerade die Stereo-Anlage abtransportiert. Die ersten Gäste, zumeist ältere Herrschaften, verabschieden sich, was allerdings für die noch ausstehende Länge des Festes keinerlei Bedeutung hat.

Die Fettspritze erregt irgendwie die Fantasie der Uneingeweihten. Von allen Seiten werden Verwendungszwecke angeboten:

„Süht ut as'n Elefantenkondom, de Griep to'n Wegschmieten is ok dran!" meint eine minuberockte Landschönheit aus der zweiten Reihe.

„Das ist eine Besamungspumpe. Sowas hab' ich schon mal beim Tierarzt gesehen!" sagt ein anderer.

Die Tendenz der Erklärungen setzt sich Richtung untere Gürtellinie fort, stets begleitet von herben Lachern und lauten Prostrufen. Schließlich kommt der ultimative Ratschlag vom Wirt:

„De Fettsprütt is bloß för Treckers bet ungefähr Bujohr negenteinhunnertsöbenunachtig, dor kannst nix mit anfangen, süh man to, dat du een finnst, de di dat afköfft. Oder hang di dat as moderne Kunst in dien Büro!"

„Wir können ja tauschen: du kriegst die Fettsprütt und ich den Eisbären da!" Der Frankfurter zeigt auf das Porzellantier, das über dem Kopf des Wirtes durch die Rauchschwaden blinzelt. Jetzt mischt sich die Chefin ein:

„De gifft he nich weg!"

Der Wirt lächelt hintergründig, als wolle er sagen: es gibt zwar Gegenstände, die man tauschen kann, aber nicht die Geschichten, die in ihnen leben. Vielleicht geht es dem Frankfurter heute so mit seiner Fettsprütt.

Noch viele Stunden reihen sich Tänze und Schnapsrunden aneinander, werden alte Freundschaften gepflegt und neue besiegelt, wandern Gespräche vor und zurück, bis der Morgen auf der großen Wanduhr naht. Draußen ist noch frostkalte Februarnacht.

Meeresleuchten

Manchmal kennen die Friesen ein kleines Geheimnis. Wer von Geburt an im Rhythmus der Gezeiten lebt, weiß auch um alle Seltenheiten der See und wie sie sich ankündigen. Es gibt Leute hier, die plötzlich, mitten in einem anderen Thema, das Gespräch unterbrechen, in die Weite schauen und prophezeien:

„Heute ist Meeresleuchten!“

So geschehen vor einigen Jahren in Andresens Schankwirtschaft in Katingsiel. Ein älterer Herr, der sich als Deichgraf a.D. Arksen vorgestellt hat, spricht diesen Satz an einem der Kaffeetische draußen vor dem Haus, während sich die Abendsonne unter das Laub der mächtigen Linden senkt. Die buntgewürfelte Runde, eben noch beim Klönschnack, hält erstaunt inne. Und dann erzählt er die Geschichte vom blauen Jaap, der sich einst sturzbetrunken im Nachtnebel auf der Sandbank verirrte, weil er das Meeresleuchten nicht richtig zu deuten wußte. Er dachte, dort, wo die Wogenlichter blinkten, wäre das Land, und verlief sich hoffnungslos zwischen den flutenden Prielen. Man fand ihn anderntags elendig ersoffen in einer Wattsenke und verscharrte ihn auf dem Friedhof von Vollerwiek oder Welt in einem Armengrab.

„Und?“ fragt Hannah, die diese Geschichte überliefert hat und mit ihrem Freund Gonne dem Deichgrafen gegenübersitzt.

„Dann fing die Sache an, spannend zu werden." Der Alte mit dem weißen Schnäuzer nimmt einen kräftigen Schluck Eiergrog, der hier bei Andresens für unschlagbar gilt, und fährt fort:

„Viele Jahre später häuften sich auf einmal die Berichte ganz verschiedener Zeugen, die den blauen Jaap lebend gesehen haben wollten, und zwar alle in der Gegend, wo er früher seine kleine Fischerhütte gehabt hatte."

„Und wo war das gewesen?" will ein anderer Tischnachbar wissen, der mit seiner Frau aufmerksam zugehört hat.

Der Deichgraf streicht seinen Schnauzbart zurecht und zögert etwas mit der Antwort. Dann sagt er:

„Schwer zu beschreiben. Das Deichstück ist mittlerweile verschwunden. Es war nämlich hier ganz in der Nähe, kurz nach dem Bau der Eiderabdämmung. Die Stelle liegt quasi unter dem neuen Damm begraben. Der blaue Jaap kann irgendwie keine Ruhe finden, er ist ein Wiedergänger geworden."

„Das hört sich aber ziemlich gruselig an", meint Hannah und kuschelt sich dichter an ihren Freund. Der Deichgraf lächelt:

„Er tut ja niemandem 'was zuleide!"

Gonne schüttelt mit dem Kopf und erwidert:

„Alles Quatsch!"

Die Frau, die bislang nichts gesagt hat, will mehr wissen:

„Wann ist der blaue Jaap eigentlich umgekommen?“

Der Deichgraf überlegt ein wenig, als würde er die Jahre nachrechnen, und sagt:

„Das muß kurz nach dem Krieg gewesen sein.“

„Und was ist ein Wiedergänger?“

Die Frau scheint überhaupt keine Angst vor dem Thema zu haben. Der Deichgraf zuckt mit den Achseln:

„So ganz genau weiß das keiner: eben jemand, dessen Erscheinung auch nach seinem Tod noch herumspukt.“

„Blödsinn!“ protestiert Gonne noch einmal. Der Alte blinzelt kurz den Deich hinauf in die sinkende Sonne, legt ein paar Münzen auf den Tisch und erhebt sich.

„Schönen Urlaub noch!“ sagt er und stapft ins Abendrot davon.

Als er hinter der Wegbiegung verschwunden ist, meint der Mann:

„Komischer Kauz!“

„Ich weiß nicht“, sagt seine Frau, „irgendein Körnchen Wahrheit ist in jeder Sage verborgen.“

„Was machen Sie heut' abend noch?“ fragt Hannah.

Die Frau schaut ihren Mann an, dann wieder das Pärchen und meint mit einem kleinen Seufzer:

„Wir müssen packen. Wir fahren morgen.“

„Schade!“

„Und was machen Sie?“

„Vielleicht das Meeresleuchten angucken, wenn

der Alte recht hat. Aber nicht hier, das ist mir echt zu unheimlich."

Die Frau lächelt:

„Fahren Sie doch 'rüber nach Westerhever zur großen Sandbank, warten Sie 'mal", - sie holt einen Flutkalender aus ihrer Handtasche und blättert ihn auf -, „heute abend ist auflaufendes Wasser, Flut um 23.42 Uhr, kurz vor Mitternacht!"

„Gute Idee! Was meinst du?" wendet sich das Mädchen an seinen Freund.

„Okay, warum nicht!" antwortet der, „aber laß uns noch ein bißchen hierbleiben, ich bin so tierisch faul!"

„Gestern war's nämlich etwas heavy, von wegen Techno-Party und so!" versucht Hannah zu erklären, aber das Ehepaar ist bereits beim Zahlen und hört nicht mehr zu.

„Auf Wiedersehen! Und viel Spaß beim Meeresleuchten!" sagt die Frau im Gehen.

„Gute Heimfahrt!" meint das Mädchen.

Hannah und Gonne essen noch eine Kleinigkeit. Dann, eben nach Sonnenuntergang, brechen sie auf.

„Westerhever, das ist da bei dem rot-weißen Leuchtturm, über Garding und in Tating rechts ab", dirigiert Hannah, als sie schließlich im Wagen sitzen, und legt die Autokarte zurück ins Handschuhfach.

Etwa eine halbe Stunde später parken sie den Wagen bei der Schäferei am Westerhever Deich. Obwohl der Maiabend sehr lau ist, ziehen sie Gummistiefel an und nehmen auch ihre Jacken mit. Auf dem Weg über die Deichkrone begegnen sie einigen Urlaubern, die vom Strand zurückkehren. Im Vorland überholt sie ein junger Mann auf dem Fahrrad, der wahrscheinlich zu den Vogelschützern gehört, die in den beiden Wärterhäusern Quartier haben. Der Leuchtturm strahlt schon durch die Dämmerung. Von der Deichkrone und immer wieder unterwegs suchen sie angestrengt die ferne Brandung ab. Doch so etwas wie Meeresleuchten ist nicht zu erkennen.

Die beiden wandern erst auf dem Plattenweg durch den Grasgürtel, und als dieser endet, über die noch feuchten Sände Richtung Meer. Rechts blinken ein paar Lichter in der Weite, auch ein illuminierter Ausflugsdampfer kommt in Sicht, links, auf der Ordinger Sandbank erheben sich die Strandhütten wie Schatten vor dem grauen Horizont. Die Nachtbewölkung ist aufgezogen, und als sie sich nach einem langen Fußmarsch allmählich der Brandung nähern, geschieht das Unglaubliche.

Aus jeder Woge, die sich auf den Strand ergießt, scheinen Millionen von silbergrünen Perlen zu rollen: Meeresleuchten!

Gonne schaut zum Himmel, um zu sehen, ob sich etwa nur der Mond in den Wellen spiegelt. Doch der steigt erst halb und mattschimmernd hinter den östlichen Wolken auf.

„Phantastisch!“ flüstert Hannah und faßt die Hand ihres Freundes etwas fester. Einen Augenblick steht sie da und staunt. Gonne scheint nicht weniger ergriffen.

„Genau wie der Alte gesagt hat“, meint er.

Sie zieht ihn sanft mit sich an die Brandung, wo das Leuchten intensiver wird. Unter jedem Schritt bilden sich helle Stiefelabdrücke im Spülsaum. Gonne bückt sich, um das Wasser näher zu betrachten. Aber mehr als die sprudelnden Lichter ist kaum zu erkennen.

Beide wandern eng umschlungen an der Flutkante entlang. Nach einiger Zeit geraten sie in tieferen Sand, wo das Gehen beschwerlich wird, und bleiben stehen. Sie können sich gar nicht sattsehen an dem Naturschauspiel und bemerken nicht, wie sich ihnen von hinten eine lautlose Spur nähert. Wenige Augenblicke später erfaßt sie eine kühle Brise, ein Windzug, der wie ein Geflüster klingt. Voller Entsetzen entdecken die beiden auf einmal die grünliche Spur, die gestaltlos an ihnen vorbei Richtung Brandung läuft und in den Wogen verschwindet.

Hannah klammert sich erschrocken an Gonne, der mit der Fassung ringt.

„Barfuß“, stammelt er, „da rennt einer barfuß!“

Sie blicken sich um und erkennen, daß die schon verblassende Spur ihnen eine Zeitlang gefolgt war, um dann auf ihrer Höhe in die Flut zu tauchen. Ganz deutlich sind die Abdrücke von großen Männerfüßen auszumachen.

„Komm, laß uns bloß weg hier!“ sagt Hannah.

„Okay!“ antwortet Gonne, den Blick noch immer auf die unheimliche Spur geheftet. „Bald hätten wir sowieso zurückmüssen, wegen des Hochwassers.“

Anfangs im Laufschritt, dann immer noch sehr eilig, überqueren sie die Sandbank landeinwärts, geleitet vom Strahl des Leuchtturms. Außerdem erhellt der Halbmond inzwischen ein wenig die Szenerie und malt Silberinseln in den breiten, flachen Priel. Bald dahinter erreichen die beiden wieder das Vorland, finden schließlich den Plattenweg und gehen zurück zum Auto.

Hannah läßt die Beifahrertür ins Schloß fallen und stößt einen erleichterten Seufzer aus:

„Puh! Was für eine unheimliche Gegend!“

Gonne startet den Motor. Hannah tastet an ihren Hüften herum und ruft:

„Mist! Mein Hip-bag ist weg! Hab' ich wahrscheinlich irgendwie da draußen verloren!“

„Schlimm?“ fragt Gonne.

„Na klar, da sind meine ganzen Papiere drin, die Scheckkarte, Bargeld, alles...!“ Hannah ist völlig durch den Wind.

„Der Hotelschlüssel liegt im Handschuhfach“, meint Gonne und kramt ihn unter der Autokarte hervor, „bei der Flut können wir jetzt eh nichts machen.“

Sie kehren erst einmal zurück ins Hotel. Gonne schläft bald ein, aber Hannah bekommt lange kein Auge zu. Ihre aufgeregten Gedanken springen vom Meeresleuchten zur unheimlichen Spur, vom blauen Jaap zur verlorenen Hüfttasche, immer wieder hin und her. Erst im frühen Morgenlicht findet sie erschöpft in den Schlaf.

Das Frühstücksbüffet wird bereits abgeräumt, als die beiden am nächsten Vormittag in der Hotelhalle erscheinen. Die Empfangsdame winkt herüber und ruft:

„Frau Maas!"

Hannah dreht sich um.

„Ja?"

„Frau Maas, da drüben wartet ein Herr auf Sie. Er möchte Ihnen etwas geben. Ich glaube, Sie werden sich freuen."

"Danke!"

Hannah und Gonne wenden sich hinüber zur Sitzgruppe im Foyer, wo ein merkwürdiger Geselle in einer Zeitschrift blättert. Als die beiden sich nähern, blickt er auf und erhebt sich.

„Frau Maas? Frau Hannah Maas?"

„Ja, das bin ich."

„Hier!" sagt er, „Ihre Hüfttasche!" Der fremde junge Mann, der mit seiner Fransenjeans, dem grellbunten Kopftuch und den Ledersandalen überhaupt nicht zum Nobelambiente des Hotels paßt, reicht ihr das verlorene Stück.

„Westerhever Sandbank?" fragt Hannah und nimmt die Gürteltasche lächelnd entgegen. Der andere nickt:

„Genau! Heute morgen beim Rundgang gefunden. Da wir sowieso zum Einkaufen fahren mußten, hab' ich das Teil gleich hergebracht. Ich war so frei, reinzugucken, wegen der Adresse hier, die hab' ich dann auf der Kurkarte gefunden ..."

„Herzlichen Dank, da fällt mir echt 'n Klotz vom Bein! Wie haben Sie die Tasche denn entdeckt?"

„Morgens kontrollieren wir immer das Brutgebiet, sie lag mitten drin am Grasrand. Eigentlich müßte ich Ihnen ein Ordnungsgeld aufbrummen lassen!"

Der Vogelwärter lacht.

„Trinken Sie einen Kaffee mit uns? Für ein ganzes Frühstück ist es eh zu spät!" meint Gonne und winkt nach der Bedienung.

„Gerne. Warum nicht!"

Gonne bestellt drei Kaffee.

Sie setzen sich, und Hannah sprudelt gleich mit der Gruselgeschichte heraus:

„Wissen Sie, was wir gestern Nacht auf der Sandbank erlebt haben? Vielleicht kennen Sie sich ja mit so 'was aus, wo Sie da draußen leben, also: Wir wandern zum Meeresleuchten hinaus, und etwa eine halbe Stunde, nachdem wir an der Brandung angekommen sind, läuft eine grünliche Fußspur an uns vorbei ins Wasser, so, als würde da jemand gehen, aber total unsichtbar. Wir haben uns vielleicht erschrocken!"

Der Vogelwärter setzt sich erstaunt auf und fragt: „Wann war das?"

„So gegen halb elf!"

„Und wo genau?"

„Keine Ahnung, irgendwo vorne links Richtung Ording, der Sand oder Schlick wurde schon ziemlich tief."

Hannah macht schon wieder eine besorgte Miene. Die Erinnerung an das gestrige Erlebnis ist noch zu frisch.

„Konnten Sie den Leuchtturm sehen?“

Hannah schaut Gonne an.

„Ja, ganz knapp noch überm Horizont,“ antwortet er.

Die Bedienung bringt den Kaffee. Der Vogelwärter tut Zucker und Sahne in seine Tasse und rührt langsam um. Er scheint angestrengt nachzudenken.

Hannah und Gonne schauen ihn gespannt an. Plötzlich hebt er den Kopf, trinkt den Kaffee in einem Zug aus, springt auf und ruft:

„Kommen Sie! Ich glaub', ich hab's!“

Ein paar Minuten später brausen Hannah und Gonne hinter dem Geländewagen der Vogelschützer her durch den Tümlauer Koog. Die Spitze des Westerhever Leuchtturms gleitet ihnen über der Deichkrone entgegen.

Fast so schnell, wie sie in der Nacht zuvor die Sandbank verlassen haben, treibt sie nun der junge Mann wieder nach vorne an die Flutkante.

„Wir müssen uns beeilen, in zirka einer Stunde ist wieder Flut, und ich möchte Ihnen unbedingt etwas zeigen!“ ruft er ihnen zu. Hannah und Gonne können seinem Tempo kaum folgen und sind ziemlich aus der Puste, als der Vogelwärter plötzlich haltmacht.

„Sind das Ihre Spuren? Machen Sie ‘mal einen Stiefelabdruck daneben!“ sagt er und weist vor sich in den Sand. Die beiden tun, was er sagt. Sie haben ihre gestrige Fährte wieder aufgenommen und folgen ihr, soweit sie von der letzten Flut nicht weggespült worden ist.

Draußen, fast an der Brandung, läßt der Vogelwärter Hannah und Gonne ein Stück allein weitergehen und bleibt auf einem Wattrücken stehen. Irgendwann schreit er „Stop“. Die beiden halten an und drehen sich um. Der junge Mann läuft nun in schnellen Schritten durch den schweren Sand zu ihnen herunter und hinein in die Brandung. Jetzt erst bemerken sie, daß er barfuß ist. In den ersten Wellen kehrt er um und gesellt sich wieder zu ihnen.

„Und was soll das?“ fragt Hannah.

„Abwarten!“ meint er und lächelt.

So stehen sie eine Viertelstunde, ohne daß irgendetwas geschieht. Dann aber stößt sie der Vogelwärter an und weist den Wattrücken hinauf. Dort oben glänzt ein feines Rinnsal, das rasch breiter wird. Bald ist die ganze Kuppe überspült.

„Manchmal kommt die Flut hier draußen scheinbar von Land her. Schauen Sie, jetzt füllen sich nach und nach meine Spuren von vorhin!“

Tatsächlich schien es so, als würden die Fußabdrücke eine gewisse Bewegung vollführen und schnurstraks in die Brandung marschieren. Der Vogelwärter ahnt, daß es den beiden dämmert, und hilft ihnen auf die Sprünge:

„Bei Meeresleuchten verstärkt sich dieser Wandereffekt natürlich extrem, denn, immer wenn Seewasser in eine Fußspur fällt, ist es wie eine kleine Brandung und fängt an zu leuchten."

Sie steigen den Wattrücken hinauf und sehen den schmalen, vollgelaufenen Priel, der über seine Ufer getreten ist und nun in die Senke Richtung Brandung fließt.

„Sie müssen gestern knapp am Prielende vorbei zurückgelaufen sein. Der barfüßige Wiedergänger war bloß irgendein Muschelsucher oder Bernsteinsammler vom Nachmittag!"

Hannah und Gonne haben gar nicht mehr richtig hingehört. Zu sehr sind sie damit beschäftigt, die unheimliche Scheinwelt der Nacht mit der Wirklichkeit des Tages in Einklang zu bringen. Den ganzen Rückweg bringen sie kaum mehr als ein „Unglaublich" oder „Nicht zu fassen" hervor. Am Leuchtturm verabschieden sie sich von dem Vogelwärter und bedanken sich. Eine halbe Stunde später sind sie auf dem Weg nach Katingsiel.

Diesmal sitzen sie allein am Tisch des alten Arksen, der sich von ihren nächtlichen Abenteuern berichten läßt und kräftig schmunzeln muß.

„Tja", meint er, als die beiden mit ihrer Erzählung zu Ende sind, „vielleicht wurden so die alten Sagen und Legenden geboren. Aber heute bringen wir sie gleich um, wenn sie auf die Welt kommen."

Hannah lächelt, legt eine Hand auf seinen Arm und sagt leise:

„Das Meeresleuchten war trotzdem traumhaft schön!"

Die Bremer Stadtakrobanten

In Wyk auf Föhr wandern zwei Rentnerehepaare mit jeweils einem Rehpinscher Richtung Hundestrand.

„Na, Ihrer hat es aber eilig, zum Baden zu kommen!“ meint das eine Herrchen zum anderen Herrchen. Stattdessen antwortet das Frauchen des weit vorausflitzenden Pinschers:

„Der wird sich wundern, ist ja Ebbe!“

Der andere Pinscher scheint den Flutkalender bereits zu beherrschen und stolziert ohne Hektik nebenher.

„Unser kann gar nicht schwimmen. Der hat eine Mörderangst vor dem Wasser,“ sagt sein Frauchen.

„Warum das denn?“

„Mein Mann meint, das kommt von der Autowaschanlage. Wir hatten ihn ‘mal im Wagen vergessen dabei, da hat er hinterher gezittert wie Espenlaub.“

„Ach, was! Das ist ja interessant!“

Etwa hundert Meter voraus macht der Flitzer gerade eine Vollbremsung.

„Jetzt sucht er das Meer! Zu komisch!“ gluckst sein Frauchen und fällt in ein asthmatisches Lachen.

Der Flitzer steht erstarrt wie eine Salzsäule. Irgendetwas hat sein Weltbild verschoben.

„Der schaut gar nicht aufs Meer!“ meint sein

Herrchen erstaunt.

„Ist ja auch keins da!“

„Nee, guck ‘mal, der glotzt nach rechts in die Büsche!“

„Stimmt!“ pflichtet ihm das andere Herrchen bei.

Als man sich nähert, wird erkennbar, warum den Flitzer der Schlag getroffen hat. Vor den Büschen steht ein Bernhardiner, auf dessen Rücken eine Bulldogge, darauf ein Terrier und ganz oben ein Chihuahua. Auf der Banklehne nebenan hockt ein schmuddeliger Hippieveteran und ruft:

„Alle ab!“

Es klingt ein wenig wie das „Allez-hopp“ aus dem Zirkus. Sofort fällt die Hundepyramide in sich zusammen und nimmt nacheinander auf der Bank Platz. Allseitiger Applaus.

Der Flitzer schaut sich kurz nach Frauchen und Herrchen um, bewegt sich aber nicht von der Stelle.

An der Bank lehnt ein Pappschild mit der Aufschrift: „Es turnen und tanzen für Sie: Die Bremer Stadtakrobanten.“ Davor steht ein kleiner geflochtener Hundekorb, in dem schon ein paar Münzen blinken.

„Auf die Plätze!“

Die Hunde springen von der Bank und werfen sich, wie an der Schnur gezogen, der Größe nach in den Sand.

„Fertig!“

Jetzt klettert der Chihuahua auf den Terrier, der Terrier auf die Dogge und die Dogge auf den Bernhardiner. Es sieht alles etwas wackelig aus, aber keiner stürzt ab.

„Los!"

Nun erhebt sich der Bernhardiner mit Ächzen und Schnaufen, begleitet vom Beifall des hundekundigen Publikums. Die beiden Rentnerpaare sind fasziniert und gesellen sich zum angewurzelten Flitzer.

Der Hippie schiebt sich von der Banklehne, steigt in seine Ökolatschen und schlurft hinüber zur Hundepyramide. Die Augen der Seinen starren ihn gebannt an. Er ruft:

„Mescalino!"

Der Chihuahua beginnt, wie ein tasmanischer Teufel auf dem Terrier zu rotieren. Das halten die Nerven des Flitzers nicht länger aus. Er bekommt einen fürchterlichen Bellanfall.

„Bitte absolute Ruhe!" fordert der Hippie und fixiert den Flitzer mit einem hypnotischen Blick. Der verstummt sofort und macht Sitz. Mescalino dreht bestimmt schon die hundertfünzigste Runde.

„Stop!"

Mescalino krallt sich in das Fell des Terriers, pendelt benommen hin und her, als wolle er seinem Namen Ehre machen, und steht kurz danach wieder wie eine Eins. Heftiger Applaus brandet auf.

Der Blumenbruder holt eine kleine Mundharmonika aus der Brusttasche und schiebt sie Mescalino zwischen die Vorderzähne. Dessen ausgepumpter Atem quält ein paar schräge Wechselakkorde hervor, denen ein vielstimmiges Hundegeheul von allen Seiten folgt. Immer mehr Frauchen und Herrchen haben sich mit ihrem vierbeinigen Anhang eingefunden. Der Flitzer und sein Pinscherkollege sitzen gespannt in der ersten Reihe.

„Terry!"

Mit einem langen Satz hechtet der Terrier aus der Formation in die Arme des Meisters. Einen Augenblick scheint Mescalino wie ein Zeichentricktier in der Luft zu hängen, dann stürzt er strampelnd auf die Dogge und steht erneut wie eine Eins. Beifall. Der Hippie setzt den Terrier auf die Bank, klatscht in die Hände und wendet sich wieder der Rumpfpyramide zu.

„Bully!"

Die Bulldogge rührt sich nicht.

„Bully!"

Nichts geschieht.

„Ein letztes Mal: Bully!"

Jetzt kommt etwas Leben in dessen braune Masse. Mit dem linken Hinterbein steigt er, ständig tastend und mit unendlicher Langsamkeit, zu Boden, führt das rechte Hinterbein mühsam nach, schiebt seinen faltigen Körper Zentimeter um Zentimeter vom Bernhardiner, gleitet schließlich ganz herab und legt sich schlapp auf die Seite.

Mescalino hat während dieser Prozedur jede Bewegung der Dogge ausbalanciert und äfft alles nun zur Gaudi der Leute originalgetreu nach. In extremer Zeitlupe windet sich das Hündchen über das speckige Fell der Dogge nach unten und sinkt neben sie in den Sand. Die Zuschauer johlen vor Begeisterung. Der Meister klatscht wieder in die Hände: Bully verduftet auf die Bank.

„Bernie!"

Der Bernhardiner blickt sich nach Mescalino um, der wie tot auf der Erde liegt. Vorsichtig rangiert Bernie nun rückwärts, bis er genau neben seinem kleinen Kollegen ist, und läßt sich bedächtig mit seinem Riesengewicht Richtung Mescalino fallen. Dieser scheint Nerven wie Drahtseile zu haben. Erst kurz vor Auftreffen des Bernhardiners rollt er sich blitzschnell zur Seite und steht wieder wie eine Eins.

„Bernie!" ruft der Meister.

Keine Reaktion.

„Bernie!"

Bernie öffnet die Schnauze und macht einen tiefen Schnarcher. Die Leute lachen. Ein paar Kinder schreien:

„Bernie, Bernie! Nicht einschlafen!"

Der Hippie geht etwas dichter heran und schreit:

„Bernie! Aufwachen! Die Flut kommt!"

Nichts.

Jetzt geht der Hundemeister auf Mescalino zu, beugt sich zu ihm herab und flüstert ihm etwas ins Ohr. Der Kleine nickt mit dem Köpfchen und schleicht sich auf leisen Pfoten an Bernie heran. Er faßt mit den Zähnchen ganz sanft den obenliegenden Ohrlappen des Bernhardiners und schlägt ihn zurück. Dann stellt er sich in Positur, holt tief Luft und bellt dreimal in das Ohr hinein. Bernie springt auf, und beide laufen zur Bank, wo alle vier

„Bremer Stadtakrobanten“ die Huldigungen des Publikums entgegennehmen.

Der Prinzipal verbeugt sich, hebt mit einem staksigen Schwung das Geldkörbchen auf und geht zum Sammeln herum. Um viele Silbermünzen und sogar ein paar Scheine reicher trollt sich die Theatertruppe alsbald Richtung Hafen, um nicht die letzte Fähre nach Amrum zu verpassen.

Die beiden Rentnerpaare mit ihren Pinschern und das ganze ehrenwerte Publikum verteilen sich unterdessen gutgelaunt auf dem weiten Hundestrand. Und wer die Idylle noch eine Zeitlang weiterbeobachtet, kann hier und da schon die ersten Früchte des Hundetheaters genießen. Kindertanten traben mit geschulterten Gummienten umher, dickbäuchige Väter machen den Bernhardiner für die Kinder, ein Dreijähriger wirft sich beständig auf die Seite und schnarcht, ein paar Jugendliche wirbeln wie tasmanische Mescalinos über die Promenade und von irgendwoher ertönt ein „Bernie, die Flut kommt“.

Nur die Hunde liegen friedlich zwischen den Sandburgen und verdösen den Tag.

Der weiße Rabe

In Friedrichstadt, an einer der malerischen Grachten, findet man mit etwas Glück das weißgetünchte Fischerhäuschen, in der diese Geschichte beginnt.

Eines Tages beschließt der Besitzer, ein Anwalt aus Hamburg, die Kate renovieren zu lassen. Er beauftragt zwei Handwerker, die mit historischen Gebäuden Erfahrung haben, einen Maurer und einen Maler. Bei der ersten eingehenden Besichtigung entdecken die beiden hinter einer Wandverkleidung einen verfallenen Kamin und auf dessen Rost einen verstaubten Holzkasten. Er scheint auf seltsame Weise verschlossen zu sein, denn weder ein Griff noch Scharniere sind vorhanden.

Nach Feierabend widmen sie sich ihrem Fund etwas näher, bekommen aber trotz längeren Hantierens auch jetzt nicht heraus, wie der Kasten zu öffnen ist. Da der Hauseigentümer auswärts wohnt und sie den etwa kniehohen Behälter nicht auf der Baustelle lassen wollen, nimmt der Maler ihn an sich, um ihn in seinem Auto zu verstauen.

„Warum willst du ihn haben? Ich kann ihn doch in meiner Werkstatt einfach aufsägen, dann wissen wir, was drin ist!" sagt der Maurer, von unverhohlener Neugier gepackt.

„Man muß das Ding ja nicht gleich kaputtmachen, vielleicht ist ja bloß ein Trick dabei, um es aufzukriegen", antwortet sein Kumpel.

Keiner will den geheimnisvollen Kasten aus den Augen lassen. Denn beide haben längst erkannt, daß er eine sehr alte Meisterarbeit sein muß. Zu kunstvoll sind die Kanten und Seiten ineinandergearbeitet. Heute gibt es so etwas nicht mehr.

„Weißt du was? Ich muß doch übermorgen wegen meinem Knöchel nach Heide zum Röntgen, da kann ich den Kasten doch gleich mitröntgen lassen!"

„Meinst du, du kriegst dafür 'n Krankenschein?" lacht der Maler.

„Brauch' ich nicht, der Doktor ist doch 'n Angelkamerad von mir, der macht das so."

Drei Tage später erwartet der Maler ziemlich aufgeregt den Röntgenbericht des Maurers.

„Bloß ein kleiner Knochensplitter!"

„Was ist in dem Kasten?" fragt der Maler ungläubig.

„Ach so, in dem Kasten! Da ist ein Vogelei drin!"

„Ein Vogelei?"

„Ja, mit irgendwelchen Drähten auf ein Drittel Höhe festgemacht, hier, kannst dir das ja selber angucken!"

Der Maurer zieht ein paar Röntgenbilder aus einem großen Umschlag und reicht sie seinem Kollegen hin.

„Der Arzt sagt, das wär' irgendein wissenschaftliches Zeug von Anno dazumal."

Der Maler betrachtet die Aufnahmen und kann seine Augen nicht von ihnen lösen.

„Das ist ja der Hammer!"

„Siehst du den kleinen Drahtkäfig, wo das Ei drinhängt?" fragt der Maurer.

Der Maler nimmt das nächste Bild, hält es gegen die Morgensonne und staunt:

„Irgendwie komisch! Und wo ist der Kasten jetzt?"

„Bei mir hinten im Kofferraum!"

Sie legen die Röntgenaufnahmen schließlich beiseite und gehen an die Arbeit. Den ganzen Morgen sprechen sie kaum ein Wort miteinander. Zu sehr sind sie in Gedanken versunken. In der Mittagspause hocken beide stullenkauend über den Photos und schütteln ratlos die Köpfe. Am Abend kommen sie überein, ihre rätselhafte Beute redlich zu teilen: Der Maurer nimmt den Kasten, der Maler die Bilder mit nach Hause.

Als der Hauseigentümer ein paar Tage später vorbeischaut, erzählen sie ihm von dem Fund.

„Keine Ahnung, was das vorstellen soll! Machen Sie damit, was Sie wollen!" meint er nur.

Das Vogelei verbringt nun mehrere Wochen im stickig-heißen Kofferraum des Maurers, weil dieser keinen anderen Platz für den Kasten weiß. Der Maler aber schaut seine Röntgenbilder immer wieder an und verfällt in endlose Grübeleien.

Eines Tages nimmt seine Frau die Aufnahmen in die Hand und sagt spontan:

„Sieht aus wie eine Pyramide!"

„Wie eine Pyramide?"

„Ja, so wie die Drähte gespannt sind, von den unteren vier Ecken bis oben zur Mitte des Dekkels!"

„Könnte sein“, meint ihr Mann.

„Warum macht ihr den Kasten nicht endlich ‘mal auf, dann wißt ihr doch Bescheid?“

„Das Ding ist noch, glaub’ ich, bei Kalle hinten im Wagen. Der wollte das gleich am ersten Tag aufsägen!“

„Und warum hat er das nicht gemacht?“

Der Maler zuckt mit den Achseln.

Am nächsten Morgen will er seinen Kumpel überreden, den Kasten zu öffnen.

„Der steht schon seit gestern in meiner Werkstatt bereit, ich hab’ mich nur noch nicht getraut!“ meint dieser.

Nach der Arbeit fahren sie direkt zu ihm nach Hause, um den spannenden Akt zu vollziehen. Doch sie kommen zu spät.

„Wer war das?“ schreit der Maurer, hält aber sofort inne, als ihm klar wird, daß die Werkstatt, in deren Tür sie stehen, fest verschlossen war und nur er einen Schlüssel dazu hat. Diesen hält er noch in der Hand.

Entsetzt blicken beide auf den Trümmerhaufen, der einmal das Werk eines unbekannten Meisters gewesen war. Die Seitenwände des Kastens liegen um die Werkbank verstreut, Boden und Dekkel aufeinandergestürzt, zwischen ihnen ein Drahtgewirr und - die Schalenreste des Eies.

Sie schauen sich instinktiv nach Einbruchsspuren um. Aber außer der kleinen Lüftungsklappe, die leise im Wind schlägt, entdecken sie nichts.

„Da kann keiner ‘reingekommen sein!“ konstatiert der Maurer.

„Aber vielleicht 'raus!" erwidert sein Freund, der den Kastendeckel angehoben hat und sich das zertrümmerte Ei genauer betrachtet.

„Als ob etwas geschlüpft ist!"

Sie suchen gründlich die ganze Werkstatt ab, ohne Erfolg.

Wenig später bringen die beiden die Überreste zu dem Röntgenarzt, in der Hoffnung, mehr zu erfahren. Dieser verweist sie weiter an einen pensionierten Ornithologen in Büsum, den sie noch am selben Tag aufsuchen.

„Ein Rabenei", sagt der weißhaarige Vogelkundler nach eingehender Prüfung, „ein paar Tage nach dem Schlüpfen."

Als er die ganze Geschichte vernommen hat, wird er sehr nachdenklich. Er fragt schließlich, ob er die Eireste zwecks Untersuchung an sein altes Universitätsinstitut schicken dürfe. Die beiden Handwerker haben nichts dagegen.

Einige Monate nach diesen Vorgängen wird der Ornithologe durch einen Exkursionsbericht, den ihm ein Fachkollege übersendet, aufgerüttelt. Er kramt sogleich eine Telefonnummer heraus.

„Ihr Rabe lebt!" ruft er aufgeregt in den Hörer. „Er ist im Wald von Schloß Louisenlund an der Schlei gesehen worden. Ich schicke Ihnen eine Kopie des Protokolls. Übrigens: Der Rabe ist weiß!"

In seinem Begleitbrief teilt der Vogelkundler den beiden Freunden mit, daß die damalige Genexpertise die Farbveränderung des Gefieders bestätigen würde, was möglicherweise mit der Röntgenbestrahlung zu tun haben könnte.

Bei einem Rückruf erfährt der Ornithologe, daß die beiden den Kasten noch einmal gründlich untersucht und eine merkwürdige Entdeckung gemacht hätten: alle Holzteile seien völlig unversehrt und durch einen höchst raffinierten Mechanismus aufgesprengt worden. Außer den sichtbaren Drähten, die im übrigen aus einer unbekannten Goldlegierung gefertigt wären, würden weitere in kleinen Bohrkanälen innerhalb des Holzes verlaufen und hätten auf diese Weise den Behälter zusammengehalten. Erst mit dem Zerstören der Eihülle, also dem Schlüpfen des Raben, habe ein dünner Signaldraht das Öffnen des Kastens ausgelöst.

Am Ende des Sommers haben die beiden Freunde die Renovierung der Fischerkate abgeschlossen und machen mit dem Eigentümer die Bauabnahme. Der Hamburger Anwalt ist sehr zufrieden und lädt sie zu einem herrschaftlichen Essen ein. Im Restaurant erzählen sie ihm von den Ereignisse, die sich inzwischen um den mysteriösen Kasten abgespielt haben. Der Eigentümer wird stutzig, so, als ob ihm plötzlich eine wichtige Erinnerung wiederkäme.

„Wissen Sie, wer in meiner Kate einmal übernachtet hat?"

Die beiden blicken ihn gespannt an.

„Der Graf von St. Germain, dieser berühmte Alchimist und Magier aus dem achtzehnten Jahrhundert, - so hat mir das der Vorbesitzer erzählt -, ich glaube, das war einmal hier auf einer königlichen Entenjagd an der Eider, der Graf von St. Germain war damals Gast bei Carl von Hessen auf Louisenlund."

„Schon wieder Louisenlund!" sinniert der Maler.

„Tja, irgendwie schon etwas merkwürdig!" sagt der Anwalt.

Noch lange diskutieren die drei an diesem Abend über die geheimnisvolle Geschichte, können aber keine Lösung finden.

Wieder gehen einige Monate ins Land. An einem sonnigen Frühlingstag sitzen die beiden Freunde auf einem kleinen Eidersteg bei Friedrichstadt und angeln. Der Wasserspiegel ruht fast unbewegt. Nur das gelegentliche Eintauchen des Köders bringt etwas Abwechslung. Drüben auf den rostigen Dalben hocken ein paar träge Möwen und scheinen Siesta zu halten. Einmal werden sie von einem weiten Angelauswurf aufgeschreckt und fliegen davon. Nur eine Möwe bleibt sitzen und rührt sich nicht.

„Guck 'mal, Kalle, die läßt sich gar nicht stören!" meint der Maler und zeigt übers Wasser.

„Das ist keine Möwe!" antwortet der Maurer langsam, ohne den Blick von dem Vogel zu wenden.

Und sofort wissen beide, wer ihnen dort gegenübersitzt und sie reglos beobachtet. Nach einigen Augenblicken dreht der schlohfarbene Rabe den Kopf hin und zurück, so, als wolle er ein Zeichen geben, erhebt sich in die Luft und fliegt mit schnellen Schlägen nach Nordosten davon.

Irgendwann in den folgenden Wochen stellt einer der beiden Freunde fest, daß es der erste Geburtstag des weißen Rabens gewesen war. Bis heute kehrt er manchmal wieder, um ein Vermächtnis zu erfüllen, das noch niemand zu verstehen scheint.

Petanque

„Haben Sie Lust auf eine Partie Boccia?"

Ein Schatten fällt auf den bierbäuchigen Dicken in der Sandburg. Der Lange, der sich in die Sonne gestellt hat, grinst und hält einen Tragepack mit acht bunten Kugeln hoch.

„Eine exzellente Idee, Herr von Geldern!" kommt die Antwort des Wohlbeleibten, der sich den Sand von der Wampe klopft und ächzend aufsteht.

Eigentlich sind die beiden gute Freunde und per du. Aber sie lieben das kleine Spielchen, um die Insassen der anliegenden Strandburgen hochzunehmen. Per Sie lassen sich schärfere Dialoge abziehen, und genau darauf haben es die beiden vor allem abgesehen.

Seit zwei Wochen sind sie mit ihren Familien jeden Tag am Strand, der Dicke einheimisch, der Lange irgendwo vom Niederrhein. Aus Langeweile haben sie vor Tagen angefangen, Boccia zu spielen, und zwar auf ziemlich abartige Weise.

Auch jetzt geht die Schau wieder los. Der Dicke wirft die kleine Zielkugel, die sie am ersten Tag zwei Beachballkids geklaut haben, blindlings über die rechte Schulter.

„Ein göttlicher Einstand, Monsignore!" lobt der Lange.

„Danke, danke, Durchlaucht!" erwidert der Dikke und reckt suchend seinen Hals, „aber wo ist sie denn, die sündige Kleine?"

„Ich hoffe, Sie meinen nicht mich damit!" ertönt eine leicht bösartige Frauenstimme in der Nähe. Der Monsignore fährt herum und schaut in die Tigeraugen einer barbusigen Blondine. Sein Blick tastet sich ihren Körper abwärts, verweilt hier und da ein wenig und bleibt auf dem schwarzen Gummibällchen zwischen ihren Beinen haften.

„Finden Sie das witzig!" meint die halbnackte Dame und richtet sich drohend auf, als der Dicke völlig unbeeindruckt die erste seiner vier Kugeln in die Wurfhand nimmt.

„Wenn Sie vielleicht nur die Füße etwas anziehen würden", meint der Lange todernst, „Hochwürden sieht nicht mehr sehr gut!"

„Ich glaub', ich spinne!" entrüstet sich die Blondine und springt auf.

„Vorsicht!" ruft der Dicke. „Nicht bewegen! Sie stehen auf der Kugel!"

„Das ist mir doch so 'was von egal! Nehmen Sie Ihren Kram und hauen Sie ab!"

Inzwischen haben sich im Umkreis neugierige Augen aus dem Sand erhoben, um das Drama zu verfolgen.

„Elisabeth, guck doch 'mal", flüstert ein lederbrauner Rentner, „die Boccia-Idioten von gestern sind wieder da!"

Die Blondine holt gerade mit dem Fuß aus, um das Zielbällchen wegzukicken.

„Okay, okay", meint der Monsignore, „aber gestatten Sie uns bitte, alles gemäß den ehrwürdigen Regeln unseres Spieles zu tun."

Die Blondine zieht ihren Fuß zurück und scheint für einen Moment perplex.

„Herr von Geldern, wenn Sie bitte Ihres Amtes walten würden!" sagt der Dicke unter dem ersten Gekicher der Anlieger.

„Aber sicher doch, Eminenz, ein guter Anfang darf durch Mißgunst nicht verdorben werden!" antwortet der Lange und nähert sich dem Gummiball. Er bückt sich, formvollendet wie ein Butler, die freie Hand auf den Rücken gelegt, und hebt den Ball auf. Hierbei kommt er den erogenen Zonen der Dame, die noch immer wie angewurzelt dasteht, bedenklich nahe. Nun schreitet er gemessenen Ganges davon und murmelt:

„Drei Schritte weg von Venus, drei Schritte zum Saturn, ein Schritt noch gen Uranus, zum Schluß noch 'mal von vorn!"

Nach einem geheimnisvollen Zickzackkurs läßt der Herr von Geldern das Bällchen senkrecht in den Sand plumpsen und verkündet:

„Tabula Rasa!"

Gleich darauf saust die erste Kugel durch die Luft und schlägt unweit des Zieles ein. Anerkennendes Geraune ringsumher. Die Blondine zischelt:

„Blödmänner!" und läßt sich kopfschüttelnd wieder auf ihrem Badetuch nieder.

Spiel um Spiel arbeiten sich die beiden nun durch die Sandburgen, kreuz und quer und hin und zurück. Wer verloren hat, darf den Ball wieder auswerfen. Die meisten Strandbesucher nehmen regen Anteil an dem Wettstreit Adel gegen Klerus, kommentieren fachkundig, feuern an, spenden sogar Beifall, wenn ein Wurf direkt am schwarzen Ball landet oder eine gegnerische Kugel wegbefördert. Liegen zwei Kugeln gleichweit vom Ziel entfernt, ernennen die Kontrahenten regelmäßig einen Zuschauer zum Schiedsrichter. Der entscheidet, tief in der Hocke oder fast mit der Nase im Sand, wer der Sieger ist. Einmal heißt es dann:

„Drei Punkte für Monsignore!"

Ein anderes Mal:

„Durchlaucht haben um Haaresbreite gewonnen!"

Die beiden Darsteller fallen nicht nur durch ein aggressives Spielverhalten, sondern auch durch die akribische Anwendung eines obskuren Regelwerkes auf. Beispielsweise wird das versehentliche oder gewollte Treffen einer eigenen Kugel mit einer Kopfnuß bestraft, wobei sich der Delinquent kurz hinkniet und der andere mit Henkersmiene zuschnippt. Reden während des Kugelfluges hat das Eliminieren der bestplazierten Kugel zur Folge, was immer wieder zu heftigen Auseinandersetzungen führt. Auf ein

„Hochwürden haben geschwätzt!" entgegnet Monsignore mit einem gereizten

„Mitnichten!"

Und dann entwickelt sich das Wortgefecht:

„Die Einlassung, Durchlaucht, kam von außerhalb!"

„Verfallen Sie doch, um Gottes willen, nicht einer solchen satanischen Verblendung, entreißen Sie die Wahrheit dem Vergessen!"

„Befragen wir doch simpliciter das hochmögende Plenum!"

„Nur das nicht! Mir graust vor dem Plebs! Ich gebe mich geschlagen, Eminenz!"

Mit Monsignore und Durchlaucht zieht bald eine ganze Truppe über den Strand: alberne Kids, Besserwisser, Wurfzensoren, sogar ein paar alleinstehende Damen, die den Zirkus nicht durchschauen und den vermeintlichen Grafen von Geldern mit schmachtenden Augenaufschlägen anhimmeln. Neuankömmlinge werden von ihnen flüsternd eingeweiht:

„Ganz alter Rheinadel!"

„Und der andere?"

„Wahrscheinlich der Hofprediger!"

Durchlaucht und Hochwürden genießen den Auftrieb. Traumhaft sicher setzen sie inzwischen Treffer an Treffer. Das tägliche Training und die genaue Geländekenntnis schlagen durch. Und immer wieder lösen besonders ihre Zielauswürfe Begeisterungsstürme aus.

Einmal landet das Bällchen mitten auf einem Schachbrett, erschlägt fast alle Bauern, fegt den weißen König und ein paar seiner Offiziere in ein muffiges Wattloch und katapultiert die schwarze Dame in eine offenstehende Kühltasche, was aber erst Tage später bemerkt wird. Mit einem unglaublichen „Macht nix" sammeln die Schachfreaks ihre Figuren wieder ein, offensichtlich eingeschüchtert von der lautstarken Bocciameute.

Dieser wird kurz darauf ein Erlebnis zuteil, das den Nimbus der beiden Kugelkünstler noch einmal extrem steigert.

Gerade, als das Bällchen erneut ausgeworfen worden ist, - viele behaupten später, es habe sich noch im Fluge befunden, - schlägt ein fremdartiges Geschoß im Sand ein und begräbt es unter sich. Die ganze Truppe, inklusive Monsignore und Durchlaucht, ist geschockt. Als erster findet Herr von Geldern die Sprache wieder, schaut langsam in die Runde und meint:

„Frevel! Schande über den feigen Werfer!"

Bei näherer Untersuchung des Projektils entpuppt es sich als eine Metallkugel mit eingravierten Ringen. Alle versammeln sich um das silberglänzende Ufo.

„Petanque!" ruft eine Stimme. Die Menge dreht sich um und entdeckt einen Mann, der zwischen den Sandburgen steht und den Arm gehoben hält.

„Nichts für ungut! Was sein muß, muß sein!" sagt er beim Näherkommen. „Dieses elende Geschleuder ist ja nicht zum Aushalten!"

Monsignore ringt mit der Fassung:

„Was soll der Quatsch! Wir befinden uns mitten im Wettkampf!"

Der Fremde hebt seine Silberkugel auf. Er hat noch drei andere in der Linken.

„Worum geht es denn? Um den Rentnerpreis von Hinterhusum, oder was?"

Die Menge murrt. Monsignore und Durchlaucht

wechseln einen kurzen Blick, dann meint einer von ihnen:

„Wir spielen um Ihre Kugeln!"

Der Ankömmling lacht:

„Wahnsinn! Absoluter Wahnsinn!"

Gespannte Stille. Die drei Spieler stehen einen Moment da, als würden sie intensiv überlegen. Schließlich sagt der Neue:

„Okay! Und ich bekomme einen Hunderter!"

Die beiden nicken. Die Leute weichen ehrfürchtig zurück, um die Arena freizugeben. Monsignore schaut einen Augenblick den Strand entlang, dann nimmt er das Gummibällchen auf und schleudert es mit einem enormen Armschwung etwa dreißig Meter weit weg. Es landet in einer flachen Seewasserlache. Gleich danach wirft er seine erste Kugel hinterher. Doch statt die Richtung des Bällchens einzuschlagen, fliegt sie ganz woandershin, nämlich seitwärts auf den Rand einer höhergelegenen Sanddüne. Die Truppe antwortet mit einem enttäuschten Geraune.

Jetzt ist der Fremde an der Reihe. Er putzt seine Wurfkugel sorgfältig sauber, hockt sich in Position und wirft. Wie an der Schnur gezogen landet sie direkt neben dem schwarzen Bällchen, wobei etwas Wasser aufspritzt. Anerkennendes Pfeifen umher. Der Werfer meint beiläufig:

„Ich war 'mal Petanque-Meister unten in Saintes-Maries de la Mer!"

Durchlaucht und Monsignore haben sich währenddessen kurz beraten. Der erste Wurf des Langen schlägt exakt neben der ersten Kugel des Dikken ein. Der Champion grinst:

„Zuviel Seitenwind, was?“

Dann setzt er seine zweite Kugel mitten ins Ziel. So geht es weiter, bis beide Parteien vier Kugeln gelandet haben. Zwischendurch scheinen Durchlaucht und Monsignore das Spiel immer wieder etwas zu verzögern, indem sie auch anfangen, ihre Kugeln zu putzen und lange Wurfvorbereitungen machen. Am Ende liegen ihre Kugeln alle auf dem Dünenrand, die des Fremden alle um das Gummibällchen.

Spieler und Publikum setzen sich in Bewegung, um das eigentlich offensichtliche Ergebnis zu begutachten. Da ruft ein vorausgeeilter Junge:

„Es bewegt sich! Es bewegt sich!“

Durchlaucht stößt Monsignore mit dem Ellenbogen freundschaftlich in die Seite und fragt scheinheilig:

„Was bewegt sich?“

„Das Gummibällchen!“

Tatsächlich hat die auflaufende Flut die Lache erreicht und das Bällchen aufschwimmen lassen. Gemächlich treibt es fort von den vier Petanquekugeln, überquert das seichte Wattgewässer und strandet genau an der Stelle, wo die vier bunten Kugeln es bereits erwarten. Ein unglaublicher Jubel bricht los.

Monsignore und Durchlaucht kassieren das kostbare Kugelquartett des Petanque-Meisters, der alles stock und steif geschehen lassen muß und nur ein kurzes „Cochonnet“ hervorstößt.

„Wir petanquen uns!“ meint Herr von Geldern, ehe es im Triumphzug quer über den Strand zurück zur heimischen Burg geht.

An diesem Nachmittag sieht man die beiden Helden nicht mehr auf der Piste. Monsignore liegt wohlig in der Sonne und streichelt abwechselnd seinen Bauch und die kühlen Kugeln an seiner Seite. Durchlaucht aber steht, von den Damen umschwärmt, an der Strandbar und durchlebt mit ihnen noch einmal das Petanque-Abenteuer. Beide ahnen: Morgen wird es schwer sein, einen draufzusetzen.